생애를 낭송하다

시작시인선 0287 생애를 낭송하다

1판 1쇄 펴낸날 2019년 4월 16일
지은이 이승하
펴낸이 이재무
책임편집 박은정
편집디자인 민성돈, 장덕진
펴낸곳 (주)천년의시작
등록번호 제301-2012-033호
등록일자 2006년 1월 10일
주소 (03132) 서울시 종로구 삼일대로32길 36 운현신화타워 502호
전화 02-723-8668
팩스 02-723-8630
홈페이지 www.poempoem.com
이메일 poemsijak@hanmail.net

ⓒ이승하, 2019, printed in Seoul, Korea

ISBN 978-89-6021-424-8 04810
      978-89-6021-069-1 04810(세트)

값 9,000원

*이 책 내용의 전부 또는 일부를 재사용하려면 반드시 저작권자와 (주)천년의시작 양측의 동의를 받아야 합니다.
*잘못된 책은 바꾸어드립니다.
*지은이와 협의 하에 인지는 생략합니다.
*이 책의 국립중앙도서관 출판시도서목록(CIP)은 서지정보유통지원시스템 홈페이지(http://seoji.nl.go.kr)와 국가자료공동목록시스템(http://www.nl.go.kr/kolisnet)에서 이용하실 수 있습니다.(CIP 제어번호: CIP2019013210)

생애를 낭송하다

이승하

천년의시작

시인의 말

2007년 2월 19일

어머니 돌아가신 날

2011년 4월 16일

아버지 돌아가신 날

아버지 8주기에 맞춰

시집을 낸다

제1부의 제목을

生으로

제2부의 제목을

愛로

제3부의 제목을

苦로

제4부의 제목을

死로

생각해 보았다

2019년 2월 16일

이승하

차 례

시인의 말

제1부 生

식사 후의 대화

아내가 상의 단추를 풀고
드러낸다 오디 같은 유두를
아기의 입에 물린다
울던 아기, 엄마의 유두를 빨며
비로소 평화로운 얼굴이 된다

배를 다 채운 보드라운 아기가
아내의 눈을 빤히 쳐다보며
방그레 웃는다
아내는 부드러운 눈길로 아기와 눈 맞추며
빙그레 웃는다

아내가 가슴을 여미고
아기에게 말을 건넨다
—배가 많이 고팠었나 보구나
아기는 계속 방글방글 미소만 짓는데
—그래그래 이제 배가 부르다고?

마릴린 먼로의 젖가슴과 할머니의 젖가슴

크지도 않은
그리 작지도 않은
신의 손으로 빚은 조각품 같은

봉곳한
혹은 동그란
혹은 아담한

남자라면
만져보고 싶은
아기처럼
빨아보고 싶은

저 가슴은
모유 수유의 역할을 한 적이 없었다
몇 사람이 만져봤는지
알 수 없다

여든 할머니의 젖가슴을 본 적 있다
아들 하나 딸 다섯을 낳아

시집 장가 다 보냈다
40줄에 들어서자마자
술병으로 죽은
남편을 줄곧 원망하면서

축 처져 볼품 하나도 없었지만
마릴린 먼로의 젖가슴보다
훨씬 아름다운 할머니의 젖가슴
종합병원 염하는 방에서 보았다

이성선 시비 제막식 전야에

두 눈을 시리게 한다
백담사 가는 길
계곡의 물, 물살, 물소리
여기는 설악산의 옷자락 끝
바람마저 나무의 남은 잎을 아끼는
겨울의 초입이다 시인이여
나무들이 황홀히 몸 떨며 운다

기다렸다는 듯이 두둥실
보름 앞둔 달 떠오르니
별들이 얼른 길 비켜선다
달 같은 시인 얼굴 떠오르니
별들이 금방 빛 잃는다
저 숲길 저 물살에 흩뿌려진
그대 뼛가루며 시의 넋 같은 것들

별이 머물다 간 자리에
시를 새긴 돌이 있어 가끔씩 따뜻해지리
수십 번 여름의 뙤약볕과
수백 번 겨울의 눈보라로

닳고 닳아 비문 글씨 다 사라져도

이 계곡의 물, 물살, 물소리 더 맑아져

그대 산시山詩 낭랑하게 외우게 되지 않을까

둥근 것들이 세상을 아름답게 한다

임신한 여인이 앞에 선다
배가 둥덩산같아 벌떡 일어선다
—여기 앉으세요
수줍어하는 얼굴로 고맙다 말하는 여인
나는 서방인 양 앞에 서서 여인을 내려다본다

아주 많은 시간을 거슬러 오르면
여인의 몇 대조 조상과 나의 몇 대조 조상이
사랑했을 수도 있으리
제법 많은 시간이 흐르면
여인이 낳은 아기와 내 큰아이가 낳을 아기가
사랑할 수도 있으리

둥덩산같은 배 앞에 서있으니
여인 배 속의 아기 모습이 생각난다
약간 물구나무선 자세로
몸을 둥글게 구부리고 있을까
때마침 달리던 전동 열차가
지하에서 지상으로 올라간다

네모난 창밖 네모난 하늘 위로
떠가는 뭉게구름 송이송이
둥근 것들이 세상을 아름답게 한다
인연의 고리를 물고
둥글게 돌고 도는 모든 것들이

생일 축하한다
—무용수 제자 김정훈*에게

자네 태어난 게 정말 기뻐

이 멋진 계절에 아름다운 날에
태어나 바로 울었겠지만
얼마나 화통하게 자주 웃는지
사람들에게 밝은 웃음 선사하는지

세상의 꽃들도 웃음 터뜨리고
새들이 떼 지어 창공을 수놓는
생명 약동하는 오늘이 생일이라고?
꽃으로 피어나 새처럼 나는구나

무대는 그대의 집 춤은 그대 인생
이 세상이 무대요 다 관객
뛰어라 굴러라 솟구쳐라 날아라
이 멋진 계절에 아름다운 날에

자네 태어난 게 정말 좋다

* C2Dance 대표, 중앙대학교 강사, 계원예술고등학교 강사.

저 무거운 시간을 들고

사진 김기찬

피할 수 없는 시간을 뚫고서
가야 할 길이 있는 것인가
쏟아지는 초, 분, 시간의 파편들
이 장대비 속으로 너를 누가 내보낸 거지

병원 분만실에서 딸아이 첫울음 터뜨린 바로 그 시각에
누이는 교통사고로 병원 응급실로 옮겨졌다
피의 길을 뚫고 나온 자식과
다량의 피를 흘리며 실려 간 누이

아기를 강보에 싸서 아파트 계단을 밟고 올라오는데
윗집에서 온 식구가 대성통곡이다
그 집 어른 집에서 임종하겠다고 해 병원에서 옮겨 와
막 임종하셨다고

애야, 비가 와도 바람이 불어도
시간은 너를 마중 나가지 않을 거야
무거운 시간을 들고 가는 아이야
시계가 멎어도 시간은 가고

하루에 시계를 100번은 보았다
오래 집 나가 있던 자식이 제 발로 들어온 날
치매 걸린 어머니
집 나가 행불자가 된다

행선지 불분명한 우리는 모두 떠돌이별
궤도를 따라 돌지 않고 제각각
낯선 시간을 만나고
질긴 시간에 쫓기고

애, 홍안의 소년아
그 큰 시계보다 더 무거운 것은
시간의 무게란다
촌각이란 물방울도 쌓이고 쌓이면 도도히 흐른단다

강을 이루고 바다에 이른단다
시간은 새 생명을 태어나게 하고
모든 생명 다 거두어 간단다
세상의 모든 시계 때 되면 다 멎는단다

길은 멀겠지만
수리점에 갈 때까지 비 멎지 않겠지만
걸음 멈추면 안 돼
지금은 다만, 가야 할 길 가야 할 때
비가 와도 바람이 불어도
시간은 너를 마중 나가지 않을 테니까

꿈꾸는 별만 괴로워한다
―별의 일생

이유 없이 태어난 생명은 지구상에 없다
변종 박테리아도 신종 바이러스도
태어나고 싶어 태어나, 살아가고 싶어 살아가는 것
내 사는 아파트 단지 상공에서 빛나는 하나의 별
매일 찾아온 별을 이제 비로소 만나다니

내 어미 자궁 깊은 곳으로의 긴 항해
아비의 정충에서 나는 출발하였다
너는 거대한 원시성운에서 집단으로 탄생한다
수소를 태워 빛을 내는 너의 일생
수소가 소진되면 타고 남은 헬륨핵을 태워 또 빛을 내지*

스스로를 태워 빛을 내지 않으면 별이 아니듯
반짝이는 눈으로 밤을 밝힌 성현의 가르침 따라
나는 아집我執도 법집法執도 버리려 했다
그것이 어려웠다 궤도를 따라 도는 것이
남에게 아무 피해도 주지 않고 존재하는 저 별처럼

한 끼만 건너뛰어도 배가 고팠다
하룻밤만 안 자도 눈이 감겼다

아름다운 이성을 보면 꼬리 치는 강아지가 되고는 했다
번뇌 망상은 언제나 입으로부터 왔다 음식으로부터 왔다
세 치 혀로 감언이설과 탐식을…… 여인의 입술도 탐했다

팽창하면서 표면 온도가 낮아져 붉게 보이는 별이여
내 피부도 탄력 잃고 검버섯이 돋아날 테지
치매가 올지 뇌졸중이 올지 암세포가 달려들지
죽고 싶지 않다고, 조금만 더 살고 싶다고
기도드려도 무심과 무념은 찾아오지 않고

저 태양도 많은 물질을 방출하며 초거성이 될 거다
더 많은 시간이 흐르면 백색왜성이 될 거다
지구 사라진 세상이 올 거다 인간 없는 세상이 올 거다
별이여 너는 초신성으로 폭발하면서 수억, 아니,
수십억 배나 밝아진다고? 나는 그냥 죽어갈 참

가진 물질 다 방출하고 장엄하게 죽는 저 별 모양
나도 죽기 전에 한 번은 발광하는 순간이 오면 좋으련만
아무 흔적도 없이 죽어간 수많은 인간이여
이 녹색 행성에서 태어나 살았기에 나도 죽으리

꿈꾸는 별만이 괴로워하듯 나,
괴로웠기에 사랑하였다

* 헬륨핵 융합반응을 설명한 부분. 이 기간을 거쳐 별은 노년기로 접
어든다.

생명은 때로 아플 때가 있다

명사십리 모래알이 많고 많아도
제 몸 태우면서 존재하는
저 별의 수보다 많으랴

백 년 전 혹은 천 년 전에도
저절로 피어난 꽃이 있었겠나
뜻 없이 죽어간 나비가 있었겠나

너도 나도 그래,
살고 싶어서 태어난 것
살아보려고 지금은 앓고 있는 중이지

소주 한 병이면 됩니다

영정 앞에 넙죽 엎드려 두 번 절하더니
상주와 맞절도 하고
소주 한 병만 주쇼
소주 한 병이면 됩니다
정신을 차리고 보니 사내는 부랑자다

막걸리 심부름을 해본 적 없다
처음 입에 댄 술이 소주 한 병
그때 성의중학교 3학년
감천甘川 시냇가 둑에 앉아 흘러가는 물을 보며
병나발을 끝까지 불었다

서서히 도는 세상
빙글빙글 하늘이 돌고 강이 돌고
물을 마셨는데 몸이 타올라
껑충껑충 뛰며 노래 부르며
김천 시내를 휘젓고 다녔지

해는 중천에 떠있건만
병원 뜰 벤치에 좀 전의 그 사내

드러누워 코 골고 있다
머리맡께 땅바닥에 빈 소주병과
새우깡 빈 봉지 하나

저보다 더 깊은 잠이 어디 있으랴
땅이 집이니 이사 갈 일 없고
죽은 자가 낸 술을 마시고
산 자가 잠에 빠져있다
술로 온몸 불태운 기쁨에 푹 젖어

심장이 뛴다

뛰고 있다 초음파 화상을 보니
석 달 후에 태어날 내 아이의
심장이 뛰고 있다 뛰어라 쿵쿵
그 심장 따가울 정도로 뛰어라
뛸 거면 쿵쾅쿵쾅 위층 아이처럼 뛰어라
여식 애라면 운동회 날 결승점을 향해
사내애라면 완전군장으로 구보 도착지까지

등번호 20번 임수혁*의 심장이
태어난 1969년 6월 17일부터 지금까지
쓰러진 2000년 4월 18일부터 지금까지
뛰고 있다 심장만은 뛰고 있다
세상 모든 우울증 환자의 방문을 두드리듯
자살 꿈꾸는 이들의 멍든 영혼을 두드리듯

1루에서 2루를 향해 달리던 그가
심장이 터져버릴 것 같아
야구장에 나뒹굴었을 때
함께 뛰었던 수많은 심장 심장
심장이 아픈 가난한 나라의 아이들이

이 땅에서 수술받고 돌아가기도 하는데

롯데의 홈런 타자 임수혁
살아있는 한 살아야 한다고
침묵의 언어로 말하면서 그대
언제까지 그 심장으로 뛰어 또 뛰어
내 이 심장을 두근거리게 할 것인가
내 아기의 심장이 그대의 심장처럼
아내의 몸 안에서 쿵쾅쿵쾅 뛰고 있다

* 프로야구 롯데 팀의 야구선수였던 임수혁은 2000년 4월 18일의 경
  기 때 심장마비가 와 뇌사 상태로 살다가 2010년 2월 7일에 숨을 거
  두었다.

아픔에 대한 견해

같이 죽을 수도 있었는데
같이 살아났다 의사가 살렸다

태어나자마자 아픈 아이를
아이 어미가 바라본다
인큐베이터 속에서 꼼지락거리는
발이 저리 작구나
첫 울음소리도 그렇게 작더니

아픈 것이다
아픈 자식을 지켜보기만 하는 어미는
산을 지고 사는 것
자갈밭을 맨발로 걷는 것
하지만, 태어나는 아픔도 적지는 않았으리

고통의 문을 열고 아이가 나올 때
어미가 흘린 피의 양은
속죄양이 흘린 피의 양에 버금갈까
태어나자마자 피 냄새 실컷 맡았을 아이
지쳤는지 죽은 듯 잠들어 있다

같이 살게 된다면 그 언젠가
한 사람이 다른 사람의 임종을 지켜보리

단식

하얀 저 달이라도 삼키고 싶다

곡기를 끊고 사흘 되니
아랫배의 무지근함이 사라진다
날개라도 돋을 듯한 기분이지만
솔직히 힘이 없다
걸을 힘마저 없어 앉아있는 것일 뿐

벌써 며칠째인가
말할 힘조차 없고 자꾸만 감기는 눈
눈 뜨고 있기가 쉽지 않지만
청각 더욱 예민해져 바람이 하는 말 다 알아듣고
후각 더욱 예민해져 익어가는 감 냄새 다 맡을 수 있을
것 같다
햇살 한 올 한 올이 다 보인다

눈썹이 파르르 떨린다
이 무거운 몸 거느리느라
내 마음 그렇게도 무거웠구나

별똥별

긴 꼬리를 끌며 사라지는 것들이 있다

살아있는 동안에는 꽃 못 피우다가
죽어가면서 마지막 빛을 뿌리는 존재
별똥별처럼 확실하게 살고 싶었다
폭력과 광기가 없는 세상에서
별똥별처럼 흔적 없이 사라지고 싶었다
공포와 전율로 충만한 세상에서

강풍 앞에서 꺾이지 않은 저 코스모스는
늘 밝은 얼굴이다 해맑게 웃는 낮이다
주름 가득한 내 이마를 향해 질주해 오는
저들의 운명은 생 로 병 사
공간을 꿰뚫으며 시간을 초월하며 달려가는
저 별똥별의 목숨은 유한하거늘

또 한 명 인간의 죽음을 알리는 밤하늘의 불꽃놀이

죽기 전에 먹고 싶었던 것

글은 피를 토하면서 쓰는 것인가
다 죽어가면서도 펜을 잡고서
—닭과 구렁이를 고아 먹어야겠다(김유정)
—멜론을 구해다 다오(이상)

이빨로 대충 씹어 꿀꺽 삼키면
식도를 타고 내려가는 것
그토록 먹고 싶어 찾았건만
못 구했다 못 먹었다
죽기 전에 먹고 싶었던 것
먹지 못하고 죽어서 목이 메는 절명이다 단명이다

돌아가신 어머니가 가끔 해주신
콩죽이 오늘따라 사무치게 먹고 싶다
아내가 해놓으면 식구들 중
나 혼자만 퉁퉁 불어터질 때까지 먹는 콩죽

나 죽기 전에 딱 한 번만
어머니가 해주신 바로 그 콩죽의 맛,
보고 싶다 구수한 콩죽 먹으며

스르르 잠들고 싶다 영원한 잠, 편안한 잠을

먹고사는 것보다 힘든 것이 있으랴
돌아서면 입은 배고프다 소리치고
위장은 꼬르륵 신음 소리를 낸다
시는 배가 고파야 쓰는 것이거늘

이사 전날

손때 묻은 가구를 마저 버린다
처박혀 있어 처음 보는 그릇과 냄비도 버리고
구석구석 쌓인 기억의 먼지와도 마침내 이별이다

창을 열면 다가오던 뒷산 산허리
내 눈길로 어루만져 주곤 했는데
집 앞에서 우두커니 날 기다리던 단풍나무
잎사귀의 색깔로 계절을 알았는데
나 이 집 팔고 너희 곁을 이제 떠난다

어머니는 이삿짐을 싸지 못했다
이빨 빠진 접시도 맞지 않는 옷도
버리지 못해 또 만져보고 또 만져보고
조만간 허물어질 언덕배기의 집
물지게를 버릴 수 있어 우린 마냥 좋았는데

첫아기 안고 들어온 이 집을 떠나는구나
내일이면 저 천장이 다른 천장일 텐데
마음은 언제까지나 이 집 근처를
배고픈 승냥이처럼 떠돌 것 같다

우주를 향해 재채기하다

1. 전동 열차 안에서

엊그제 밤,
집안 어른이 곡을 하라고 이르셨지
아버지가 돌아가셨는데 곡을 하지 않느냐고
처음에는 가성으로 곡을 했는데
울음이 울음을 불러 눈물과 콧물이
침까지 흘리며 나 오래 울었네

오늘 저녁에는 해물탕을 먹었지
도대체 몇 마리의 목숨을 씹어 삼킨 것인가
참 놀라운 일, 나는 살생 거듭하며 살아있고
나를 태운 쇠붙이는 달리고 있고

이 한 칸 열차 안에 빼곡히 동승해 있는 동시대인들
두세 다리 건너면 다 알 만한 이웃사촌
묵묵히 곁눈질 혹은 먼 산 보듯 하지만
말 건네고 싶다 안녕하세요?

2. 블랙홀

밤하늘에 반짝이는 수많은 별
다 제 목숨 태우며 빛나는 것이라면
태양도 죽는 날이 올 것이다
영하 수백 도로 식을 그날까지
체온으로 덥히고 체취로 확인하는
우리는 사람이니까
사람 사이에 있을 수밖에 없는 인간人間이니까

타오르다 타오르다 더 타오를 것 없어
오늘 죽은 별의 무덤들
블랙홀이 될지라도
저 무한 천공의 수많은 별은 여전히
어딘가를 향해 달려갈까
아테네를 향해 마라톤 평원을 달렸던 그리스 병사는
"우리가 이겼다!"고 외치며 죽었다고 한다
인류의 역사가 시작된 이래
몇 명이 몇 명을 죽였을까
인류 마지막 인간이 숨 거둘 날이

언제쯤 올까 벌레보다 작은 지구
우주의 먼지가 되는 날이

3. 재채기

콧속이 간질간질하더니 재채기가 터져 나왔다
나 자신이 깜짝 놀란 엄청나게 큰 소리
전동 열차 옆자리의 사람들이 눈을 동그랗게 뜨고
나를 쳐다봤다 호리호리한 사람이 소리 하나는?

열차는 지하를 달리고 있지만 우주 한 공간이
나로 인해 한순간 흔들렸던 것
낯선 승객들 틈에서
나 지금 살아 숨 쉬고 있다는 것
'나'라는 존재를 한번 증명해 본 것?
가슴 후련하여 씩 웃는다
미안한 마음에 한 번 더 웃는다

우리는 죽는 순간까지 모두 어딘가를 향해 달려가는 존재

밤하늘의 별들 죽을 때까지 모두 어딘가로 달려가고 있듯
우주 안에서, 우주를 뒤흔들며
우리 지금 이렇게 살아있음에

제2부 愛

등

아버지가 아들의 등을 본다
잠자는 꼽추
내가 너를 이렇게 낳았구나

아들이 어머니의 등을 본다
지팡이 짚은 꼬부랑 노인
저 때문에 허리가 기역 자로 굽었지요

아들 등을 가만히 어루만져 본다
어머니 등을 몰래 한번 쓸어본다
따뜻한 등이 밝은 등이 되는 순간

혀

딥 키스…… 혀를 탐했던 시절도 있었다
지금은…… 세 치 혀를 놀려
밥 구하고 잠자리 마련한다

새우깡 한 봉지면 행복했던 시절이 있었다
조금 지나자 이것만으로는 부족하여 오징어땅콩, 맛동산
조금 더 지나자 맥주 캔 두어 개
지금은…… 그 어떤 비싼 과일 안주도
나는 만족시켜 주지 않는다

달면 삼키고 쓰면 뱉는
내 교활한 혓바닥이여
혀를 조심해야 하거늘
나는 오늘 또 강아지처럼 킁킁거리며
무엇을 찾아내려 하는가

나를 오래 믿어주었으나
내 이 세 치 혀 때문에
침을 뱉고 돌아선 그대들이여
복날 무더위 속

혀 길게 빼문 황구의 운명을,
그놈들의 남은 목숨을 헤아려보면

내 이 혀를, 펜 쥔 손을
함부로 놀리지 말아야 하는데
입만 벌리면 아첨이다 거짓말이다
혀를 찰 일이다

5월의 신부와 신랑에게

웃음 터뜨리는 밤나무의 꽃들
두 사람 위해 냄새 한껏 풍기네
풀잎들 한낮에 푸르름 더해 가고
풀벌레들 한밤에 짝을 찾아 소리 지르네
산천초목 모두모두 씻은 얼굴로
하늘 향해 깨금발을 하고
땅속 깊이깊이 뿌리내리는 지금은
해가 빛살을 쏘아 보내는 5월이네

가장 아름다운 그대
5월의 신부와 신랑이여
신랑은 신부 향해 고개 수그리고
신부는 신랑 향해 손을 내밀어라
그대들 손잡고 걸어가는 그 길이
순탄치 않다고 마다할 수 있으랴
먼 길이라고 돌아갈 수 있으랴

폭풍우 불면 길 문득 끊어지고
눈보라 치면 길은 보이지 않을 것이다
5월의 신랑이여 길 끊어지면

신부를 들쳐 업고 폭풍우 맞으며 가라
영원한 신부여 길 보이지 않으면
신랑 부축하고 눈보라 뚫고서 가라
함께 가기에
세상의 가시밭길 죄다 평평해지고
머나먼 사막에는 비가 쏟아지리라

가장 빛나는 그대
5월의 신부와 신랑이여
덧없는 이 세상을
그대들이 나서서 황홀하게 하라
큰 기쁨으로 충만하게 하라

사랑을 추억하다

내 사랑아 너를 꿈꾸었다

소식은 오래전에 끊겼으나

어찌 알랴 살아있으니 또 어디서 만나게 될지

내 휴대폰에 지워지지 않고 있는 네 전화번호

전화번호 바뀐 것을 알지만

나 새 전화번호 알려고 애쓰지 않았네

어차피 만나면 다만 괴로울 따름인

너와 나

이승에서는 만나지 말자

생각해 보면

우리 아무리 장수해도

50년 뒤면 이 세상에 없다

나무관 속에서 뼈로 남아있거나

몇 줌 뼛가루로만 지상에 남아있겠지

모든 사랑은 역사다

사랑해서 만나고 사랑해서 사별한다

사랑해서 절망하고 사랑해서 광분한다

19세기의 사랑과 20세기의 사랑과 21세기의 사랑과

지금 너와 나의 사랑이 다르지 않지
사랑했기에 살았고
사랑했기에 죽는다 잘 있거라
내가 알았던 모든 사람이여
내가 가보았던 모든 거리여

나 사랑하였다
손때 묻은 책을, 흘러간 영화를
그 영화의 아름다운 여배우들을
나 사랑하였다 너를

이 이승에서 말이다
네가 알던 한 사람으로서 말이다

생일 축하의 노래

태어났으니 얼씨구!
이렇게 컸으니 절씨구!
다들 모였으니 어절씨구!

태어난 날 너는 울었겠지만
오늘은 큰 소리로 웃어라
하늘을 향해 지화자 좋고!

지난날 너는 자주 아팠지
오늘은 생일 축하의 날
부모님께 큰절 올려야지

우리 모두 한마음 한뜻으로
축배를 들자 산천초목 앞에서
축복을 하자 삼라만상을 향해

언제나 내 자랑
변치 말자고 내 사랑
오늘이 네 생일이구나 네가 태어났구나

가을의 뒷모습

나도 저 낙엽처럼
깨끗하게 헤어지는 법을 배워야겠네
여름 내내 떨어지지 않을 것처럼
꼭 붙어 지낸 나뭇가지와 잎사귀
바람 부는 날
서둘러 헤어지는구나

그대 뒷모습을 오래 보았지
한 번도 뒤돌아보지 않고
인파에 휩쓸려 사라져버린 그대
쓸쓸한 등이 눈에 밟히고
잘 지내요
힘없는 그 말이 귓가에 맴도는데

나 이제 이 거리를
혼자 걸을 수밖에 없다
낙엽처럼 이리 몰리고 저리 헤매어도
한 번 간 여름은 다시 오지 않으리
그대 쓸쓸한 뒷모습을 기억하는
겨울이 온다 앙상한 가지만 남을 겨울이

사랑하기에 나는 미친다

꿈꾸면 나타나는 사람들이 있다
꿈속에서 만나는 사람들이 있다
현해탄을 사이에 두고
휴전선을 사이에 두고
돈이 없어서 배표가 없어서

몸이 멀어지면 마음도 멀어진다고?
―난 그렇지 않습네다.
길은 멀어도 마음은 가깝다
―장모님, 아고리* 왔습네다. 절 받으시라요.
밥을 굶어도 아무 상관이 없었다
―많이 다랐구나, 네래 태현이! 네래 태성이!
단 하루로 단 한 시간도 떠올리지 않은 적 없었으리
(남덕이, 우리 남덕이래, 안 보곤 못 살지.)

꿈 깨면 종이 주워 그리고
미칠 것 같아 은박지에 그렸다
헤어져 사는 이 세상 모든 피붙이들아
연락도 못 하고 사는 이 세상 모든 이산가족들아
안 보고 어찌 살 수 있는가

안 안아보고 어찌 살 수 있는가

미칠 정도로 사랑했던 게지
못 보아 미쳐버린 게지
식음을 전폐하고
술도 끊고 붓질도 끊고
꿈에 만나 얼싸안고
다시는 헤어지지 말자고 부르짖었지
헤어져 사느니 미쳐버리는 게 낫다고

아 차라리 깨어나지 않고 영원히 잠들었으면

* 아고리: 이중섭의 일본인 아내 남덕은 이중섭이 턱(あご)이 길다고
아고+리李라고 부름.

시인 구상이 화가 이중섭에게

중섭이 그대 지금 어디 있는가
곡기 다 끊고 밤에 술 마시고 낮에 물 마시고
헌헌장부 그 큰 키로 성큼성큼 걷는 모습 눈에 선한데
누구도 그대 어디 있는지 모른다고 하네

사위는 백년지객이라는 말이 있는데
그대 일본 가서 찬밥 취급에 문전박대 당한 게 아닌가
아내 남덕이와 두 아들 태현이 태성이 눈에 밟혀서
은박지에다 그리고 또 그리고
울다가 엽서에도 그리고
꿈에라도 만나면 그날은 행복했다지
중섭이 도대체 어디로 숨은 겐가

그대가 표지 그림 그리고
내가 원고를 모았지, 응향凝香……
그때 우리 참 젊었지 자넨 소를 따라다녔고
난 이남으로 탈출하였지

자네 노래 다시 한 번 듣고 싶으이*
테너 목소리, 술집 처마 쩌렁쩌렁 울리던 그 목소리

내 시집에 자네 그림 「달과 까마귀」 얹고
내 건네는 술잔에 자네 눈물 섞어 마시다
하룻밤 사이에 빈털터리 되면
자넨 빚 못 갚는 그림 다시 그리고
난 돈 안 되는 시 새로 쓰지 뭐

뭐라도 먹어야 그림 그리지 않나
세발자전거 사준다는 약속 못 지킨 게 한이라고
곡기 다 끊고 밤에 술 마시고 낮에 물 마시고
어디로 사라진 겐가 소 눈망울을 한 사람아

* 이중섭은 살아생전에 독일 민요 「소나무」와 이광수 시에 김대현이
  곡을 붙인 「낙화암」을 즐겨 불렀다.

화가 이중섭이 시인 구상에게

상常이
보고 싶구려
사흘만 안 봐도 보고 싶으니
우리는 전생에 형제였나 부부였나

집을 갖고 싶었지
아내와 두 아들과 함께 살 집 한 채면
나 먹지 않아도 배부를 수 있고
마시지 않아도 취할 수 있을 것 같았지

50년 10월 송도원의 집 폭격으로 불타고
부산 범일동의 창고에서 살면서
낮이면 부두에서 하역 작업
무얼 짊어져도 자식 굶기는 아비였지

제주시까지는 배편으로 서귀포까지는 걸어서
게 잡아먹고 조개 캐먹는 것도 하루 이틀이지
넓고 넓은 바닷가의 오막살이 집 한 채
쌀 사 먹을 길은 막막하였다

다시 범일동으로 범일동 판잣집으로
자네는 집이 있지 가족이 있지
아, 하늘 아래 나는 집이 없구나
장남 세발자전거에 태우고 노는 상이! 홍洪이!

具常兄前 李仲燮弟*

* 구상형전 이중섭제具常兄前 李仲燮弟: 이중섭은 구상보다 세 살이 많
  았지만 시인의 인품을 높이 사는 의미에서 늘 '형'으로 불렸다. 구상
  시인의 장남 이름이 구홍이었다.

이별가

내가 사랑했었다
그대 목젖 울리며 나오는 말 한마디 한마디를
머리카락 한 올 한 올까지를

은밀한 곳 주변에 소복이 돋아나 있는
음모 하나하나를 사랑했었다
그 귀여운 것들을

어느 날부터 머리카락이 하나씩 둘씩
흰색으로 바뀌어갔지
피부는 탄력을 잃어갔지

그대 하품도 재채기도 마른기침까지도
다 사랑했었다 정인情人이여
아무리 맛없어도 맛있다며 먹었지

얼굴이 점점 거무스레해질 때
호흡이 불규칙하게 이어질 때
나 오직 한 얼굴만 떠올렸다

그대 몸 밑에서 올려다보았던
수줍음 가득한 홍조 띤 얼굴을
오르가슴 직전의 그 얼굴을

내가 사랑했었다 눈 뜬 채
이제 막 숨 멎은 그대여
고개를 외로 꺾은 그대여

세상은 대낮에도 암흑이다
그대 없는 세상에 살아있다 사지 멀쩡하게
우걱우걱 밥 씹으며 와작와작 김치 씹으며

물의 길을 보며
—박상언에게

파르라니 머리 깎은 아내 데리고
홍천강 언덕에 차 대놓고 앉아서
노을이 질 때까지 넋 놓고 강을 본다
저 강물은 저 가고 싶은 대로 가는가
홍수 나면 화난 듯이
가뭄 들면 기진한 듯이
흘러온 강이기에 또 흘러갈 것인가

둘러선 저 산들 낯 붉히는 가을인데
네 번째의 항암 치료에도 기약이 없다
한마디도 해줄 말이 없어 바라보는 강
겨울이 와서 저 강이 얼어도
아랑곳하지 않고 설중매가 피어날까
강변에 화들짝 산수유가 피어나도
아랑곳하지 않고 물은 저의 길을 갈까

—저 강은 청평호에서 수명을 다하나요?
죽어도 죽은 것이 아니기에 물이듯이
흐르고 흘러 바다까지 가고
하늘로 올라가 비도 되어 내리겠지

물이 모이면 길을 내어 흐르는데
그대 목숨의 길은 이 강 언덕에서도
보이지 않는다, 보이지 않는다
어느덧 은하수 흘러가고 있다

묵언

말을 할 듯 입 열었으나
그대
다만
미소와 손짓만 건네는구나

잘못했다
사랑한다
보고 싶을 거라는 말 대신
그대
미소로 눈물로

그냥
아무 말 없이
가달라는
떨리는 손짓으로

백석과 통영

갯가 비린내를 맡고 싶어서 오지 않았으리
연모하는 여인의 체취를 맡고 싶어서
그 여인의 머리카락에서 살그머니 풍겨오는
비누 냄새를 맡고 싶어서

통영까지 왔구려 여기에 오기까지
낮의 쓰라림이 있었고 밤의 몸부림이 있었으리
함께하지 못해 허전하고 혼자여서 허망한 생

와서 만날 수 있다면
보고 이루어질 수 있다면
이 세상 모든 짝사랑이여 괴로운 사랑이여
안 하면 더 좋았을 것을

저 파도 소리야 갈매기 소리야
그때나 지금이나 무어 다를까만
다들 가고 그리움만 이 통영만을 가득 채우고

한탄강에서 공후인箜篌引을 듣다

나 반드시 썩을 것이니
네 몸 또한 반드시 썩을 것이니
생애 단 한 번만이라도
네 몸을 보고 싶었다 온몸을
샅샅이 샅샅이 탐하고 싶었다
노래를 마친 여편네야
너까지 왜 강물에 몸 던진 것이냐
내가 사랑했었는데 너를
내가 갖고 싶었는데 네 몸을

폭풍우의 밤길을 헤치고 가거나
눈보라 휘몰아치는 거리를 헤매다 가거나
온몸으로 확인할 수 있다면
돌아오는 길에 벼락에 맞아 죽어버린들
교통사고로 즉사해 버린들
암, 미소 핀 얼굴로 죽어갈 것이다
그 밤을 못 넘기고 싸늘히 시체 되어도
사랑을 이루었다면 기쁨에 겨워
황천길도 춤추며 갈 수 있을 것이다
암, 빛처럼 웃으며 갈 수 있을 것이다

노래 부르다 밤을 만든 조물주여
한여름 밤의 앙가슴을 찢어발기는
천둥과 벼락으로 나를 축복하라
단 한 번 그 사랑을 이루기 위하여
나는 살아왔고 지금 살아있다
살아 숨 쉬고 있기에 만월을 향해
뜨겁게 딴딴하게 발기하고 싶었다
네 몸 끝내 한 번도 어루만지지 못했는데
너는 벽제 화장터에서 한 줌
뼛가루가 되고 말았다

한탄강에다 너를 뿌렸다
가루는 금방 가라앉았다
원했던 것이 이루어지지 않는 세상
이 세상에 너는 없고
미치고 싶도록 사랑한
내 오래 숨겨 두었던 사람……
그대 입술과 가슴,
아, 머리카락 냄새까지도 사랑하였다
딱 한 번만이라도 갖고 싶었다……
내 이 머리 누구처럼 하얗게 세기 전에

저 백수광부처럼

동터 오는 시각까지 그대
무엇 때문에 그렇게 마셔야 했던 것이냐
머리 완전 백발이 된 그대
봉두난발을 하고선

물을 건너지 마오
부르짖는 마누라는 못 본 체
강물에 뛰어들어 한사코
건너겠다고 그 몸으로 어떻게

피가 뜨거운데
어차피 한 번 죽을 바에야
붉게 취해서
차가운 강물에 몸 식히며

자기 운명을 스스로 선택한 이여
술이나 강이나 다 물인가
그대 강심을 향해 가며 마냥 웃고
이승에서 저승으로 헤엄쳐 가는 그대 보며
마누라 통곡하네 목 놓아 노래 부르네

새벽녘 동터 오는 시각에

저승으로 나 있는 강에서 헤엄치다

나도 저 백수광부처럼 취한 상태에서 죽고 싶다

죽음이야 어차피 딱 한 번만 맞이하는 것

제3부 苦

그대의 무릎 아래

노량진 수산 시장 다리 없는 행상은
비 오나 눈 내리나 어김없이 출근하여
두 팔로 기어다닌다 진흙길을 눈길을

노래는 구성지다 반복되는 트로트
하반신 까만 비닐 상반신 면티 하나
그대의 무릎 아래는 아무것도 없지만

자국을 남긴다 중력 없이 자국을
흔적을 남긴다 통증 없이 흔적을
몸으로 살아왔구나 온몸으로 기면서

어머니와 함께 밤을 새우다

말기 암의 어머니에게 이 밤은 너무 길다
아스팔트 위를 달려가는 먼 자동차 소리
이 시각에 가야 할 곳 그 어디일까
하도 많이 아프다고 하여
더 이상 아프다는 말도 못 하겠다고

뼈 마디마디가 쑤시고
신경 마디마디가 저리다고
아침이 오기는 오겠지만 어머니
이마에 진땀을 줄줄 흘리면서
때로는 온몸을 부들부들 떨면서

이렇게 아픈 걸 보니 살아있는 게야
살아있음을 알려 주는 신경계
청력과 시력 급격히 떨어지고
아픔만으로 존재하는 어머니
형광등도 파르르 떨고 있다 이 밤의 고비에서

그 눈빛

5년을 키운 누렁이, 복날 맞아 개장수한테 팔려 갈 때의 눈빛을 '가문 날의 깊디깊은 저 우물'이라고 표현하리

동네 형들이 앞집 얼룩이 데리고 산에 올라가 두들겨 패기 시작…… 깨갱깨갱 비명 지르다 숨 꼬르륵 넘어갈 때의 그 눈빛은…… 표현할 수가 없다

병원 천장을 멍하니 쳐다보는 듯, 아득히 바라보는 듯, 숨 막 멎을 때의 어머니 눈빛을 '안개 헤치고 뒷산에 솟구쳐 오른 달'이라고 표현하리

여섯 시간의 수술 끝에 혼미의 늪에서 빠져나와 나를 쳐다보던…… 태어난 지 보름 된 자식의 그 눈빛은…… 표현할 수가 없다

내 어머니 죽어가고 있을 때

이 세상에 꽃은 많고 많지만
피어나는 꽃과 시들어가는 꽃
두 종류만 있을 뿐

이 세상에 사람은 많고 많지만
태어나는 목숨과 죽어가는 목숨
두 갈래만 있을 뿐

아니
집에 있는 자와 집 떠나 있는 자
두 부류만 있을 뿐

아침이 옴을 감사하는 밤 지새운 자들아
거짓 증언할 때 그대 곁에
부처가 있지 않았는가
살인할 때 그대 곁에
예수가 있지 않았는가

사춘기 이후에 나
어머니 곁을 떠나려고 줄곧 발버둥 쳤다

어머니 가슴에 몇 개의 대못을 박았고
임종은 지키지 못했다

그때부터 나 헤매었다
죽어가고 있었을 뿐

목숨의 형기

어머니 방금 임종하셨다
한밤중에 걸려 온 형의 전화
아버지, 형한테서 전화 왔습니다
어머니 지금 막 돌아가셨답니다
나도 형도 아버지도 안도의 한숨, 기쁨의 눈길
우리 모친 잘 죽었다 참 잘 죽었어

극심한 고통의 낭떠러지에 서면
사람은 추락을 갈망하는 법인가
차라리 죽는 게 낫겠다고
왜 이런 질긴 아픔을 참으며
목숨을 부지해야 하느냐고 외치는 나날
열흘이 가고 100일이 가고 1년이 가고

목숨을 연장시킬 의무밖에 없는 의사
목숨을 거둬들일 권리가 없는 자식
진통제와 링거액으로 버티는 나날
콧속으로 입속으로 들어가 있는 고무관
배설도 세수도 스스로 할 수 없는 몸
살아있으니 살 수밖에

살아있으니 살아야 하는 형기를
어머니는 도대체 몇 년을 받은 것일까
스스로 어떻게 할 수 없는 몸
멀쩡한 정신으로 선명한 기억으로 정확한 판단력으로
야들아 날 쥑이도고
살리는 기 효도가 아이다 날 좀 쥑이도고

밤 지키기

어린 생명의 병이 깊어져
전신마취의 시간이 다가오고 있다
깨어날 확률과 영영 눈 못 뜰 확률 사이에서
갈팡질팡하고 있을 저승사자여

의식 잃고 누워있는 동안
너의 몸 열어 헤집고 다닐 메스
얼마나 많은 피가 몸에서 빠져나가야
웃을 수 있을까 폭포같이 울 수 있을까

이런 때는 노래를 불러야지
아무 생각 없이 중학교 교가를
아니, 아침마다 구보하며 불렀던 군가를
아니, 아이와 함께 불렀던 곰 세 마리를

앉아있다 서있다를 반복하는 동안
날이 밝아오고……
새들이 요란하게 지저귄다
뒷산 약수터에 손 잡고 갈 수 있을까

바로 그때, 우두커니 서있는 벽 사이

수술실 문, 열린다

살았을까?

아버지, 바지 끈 잡고 계시다

환자복 바지 끈을 꽉 잡고
울먹이고 있다 달아오른 얼굴
인간이, 부끄러움을 안다는 것이 무엇일까

욕실로 모셔 가 바지 끈을 내리려 하자
도리질을 한다 일그러진 얼굴
혼자 처리할 수 없는데 웬 고집일까

깨끗이 씻어드릴 테니 바지 내리세요
실랑이 끝에 내 얼굴도 달아오르고
고약한 냄새가 가슴에 불 지른다

아버지의 어깨를 잡아 흔들며 고함지른다
세수하기 싫어한 나를 씻기며
가만히 안 있을래! 고함질렀던 아버지

꾸중 들은 아이처럼 고개 숙이고 바지 끈 놓는다
바지를 내리자 어, 뭐가 있다
힘이 뻗쳐 있는 붉은 가운뎃다리

이것 때문에 바지를 내리려 하지 않았구나
죄인인 양 고개 푹 숙이고 있는 아버지
인간이, 부끄러움을 안다는 것이 무엇일까

힘이 뻗쳐서 어쩔 줄 모르는 아버지
자식 앞에서 울상 짓고 있는데
똥 싸놓은 바지 들고 뭘 해야 할지 모르겠다

시원하게

내 한 생을 살면서
물 한 모금 달라고 애걸하는 누군가를 위해
시원한 물의 시 못 보여 준다면
밥 먹는 일이 무슨 의미 있는가
내 똥이 거름이 되지 않는데

칫솔 하나를 사 써도 포장은 쓰레기
칫솔도 몇 달 안으로 쓰레기가 된다
식물이 애써 만든 산소를
동물인 나 숨 쉬면서 이산화탄소로 만들었다
원유를 정제하여 만든 휘발유를
인간인 나 운전하면서 배기가스로 만들었다

중환자실에서 일반 병실로 옮긴 아버지
—승하야 살짝 나가서 담배 좀 사오너라
—아버지, 담배는 절대 안 된다고 하잖아요
—마지막으로 한 대만 피우자
—안 돼요, 그럼 또 중환자실로 옮겨야 돼요
—딱 한 대만 피우자

시원하게 한 번은 피우고 싶어서일까
이라크에서 죽어간 부상병
병원 침대에서 죽어가는 아버지
죽기 전에 들이마신 한 모금의 담배
그 담배 같은 시 한 편
쓰고 나서 나 시원하게 죽고 싶다

줄

술에 취하면 아버지는
—줄 잘못 서 내 인생 요 모양 요 꼴이 됐다
소리치곤 했다
이승만 정권 때 이승만 줄에 서지 못했고
박정희 정권 때 박정희 줄에 서지 못했고
전두환 정권 때 전두환 줄에 서지 못했다
아버지 인생은 늘 줄 끊어진 가오리연이었다

어느 인생인들 외줄타기가 아니랴
노름빚에 줄줄 새는 가계
딸 때가 있기는 있었을까
잃어도 따도 술에 취해 들어온 아버지는
학용품 한 번 사준 적이 없었다

밤의 병실에서 아버지는
페톨 헤파티쿠스*
똥 냄새보다 지독한 악취를 풍기며 드러누워 있다
시체 썩는 냄새가 이 냄새보다 지독하랴

벽시계 초침 소리가 귀청 때리는 밤의 병실

이렇게 많은 줄 가운데
한 개의 줄만 떼어놓고 기다리면
아버지와 나 사이의 줄
끊으려야 끊을 수 없는 줄을
끊을 수 있을 텐데

부자간 인연을 가능케 한 이 부자지가
아버지의 전 재산이었다
냄새 빠져나가지 않는 병실에서
아버지 잠시 코 골고 있다 꿈을 꾸시나?
아, 한 개의 줄만 떼어놓고 있으면

날이 새면 아버지를 모로 뉘고
또 관장을 시도해 보자
항문에 줄(직장 튜브)을 쭈욱 밀어 넣으면
걸쭉한 관장액이 긴 줄을 따라
대장 속으로 천천히 밀려 들어갈 테지

---

* 페톨 헤파티쿠스fetor hepaticus : 간암 말기 환자의 몸에서 풍기는
특이한 악취. 황(sulfur)을 함유한 아미노산은 간에서 요소화 과정을
거쳐 대사되는데 간이 이것을 못 해주어 냄새가 난다.

회귀 – 돌아오다

한밤인가 새벽인가
아버지가 조용히 나를 불렀다
승하야 이를 어쩌지
간이침대에서 일어나 정신을 차리고 보니
아버지 비스듬히 누워 엉덩이를 가리킨다

일주일 넘게 변을 못 보더니
낮에 관장할 땐 겨우 한 토막
이 밤에 팬티에다가 내복에다가
후련하게 완전히 한 무더기를
실수하셨다 아아 실례하셨다

수건을 짜 와 엉덩이를 닦는다
항문께를 닦는다 덜렁덜렁 성기와 고환
그런 게 지금 문제가 아니다
6인 병실 가득 퍼지는 악취

물휴지 수십 장을 써도
숙변의 똥 냄새 이 악취는
가실 줄 모른다 이마에 골이 팬다

무거워진 팬티는 통째로 버리고
내복을 빨지만 색깔이 안 지워진다

내 아기였을 때 아버지는
내 똥을 닦으며 이맛살을 찌푸렸을까
나도 언젠가 이런 실수를 할까
똥오줌 못 가리게 될 때
아기로 돌아갔을 때

밥 먹고 싶을 때 먹을 수 없다면
똥 누고 싶을 때 눌 수 없다면
회귀—돌아오리니
나 지금 살아있으므로 아기로
돌아갈 것이다 돌아올 것이다

땅에서
—소록도에 와서

오늘 하루도 참 많이 아팠을 테지
욕망한 것들 이루어지지 않아
눈이 퉁퉁 부어오를 때까지 운 이여
삶의 전쟁터에서 잠시 넋 놓고 달 바라본 이여

몸이 아프거나 마음이 아프거나
몸도 마음도 다 아픈 이여
이것을 받아 마셔라
나야말로 내 피의 잔을 채워 든다

기도하지 않아도 네 마음 다 안다
그 조막손으로 주먹 쥐어보아라 한 줌이다
손바닥 펴 네 얼굴 만져보아라
광대뼈와 턱이 손바닥 안에 다 들어올 게다

도움의 손길 누구에게 내밀 수 없어도
너 지금 살아있지 않으냐
생명체이니, 거룩한 생의 주체이니
내 어머니 울음 그치게 할 수 있지 않으냐

바다에서

저 파도를 분이나 초라고 하자
저 물결을 시간이라고 하자
저 바다를 세월이라고 하자

바다가 짠 이유는 유사 이래
인간이 눈물을 흘렸기 때문이다
소금기가 모든 배를 날마다 녹슬게 한다

익사한 꿈들이 물고기 밥이 되고
잡힌 물고기가 식탁에 오른다
너의 죽음이 내 생명이 되는구나

생명체의 자궁이자 무덤인 이곳
뼈 마디마디가 저려서 파도가 친다
견딜 수가 없어서 풍랑이 온다

닭이 울기 전에

최소 세 번은 부인할 것이다
그이를 안다는 것을
그이와의 만남을
그이의 이름을

나는 끝끝내 부인할 것이다
그이에게 낚였다는 것을
그이와의 대화를
그이의 사랑을

나 지금까지
몇 번을 거짓 맹세했을까
몇 번을 거절했을까
몇 번을 죽었을까

몇 명을 죽였을까
이 세 치 혀로
이 두 눈으로
이 두개골로

응급실에서

온몸으로 타오르듯 불타오르듯
아파서 부르짖는구나
얼마나 아프면 저렇게 처절하게
잠시도 쉬지 않고 바락바락

사람이 아파서 실성할 수도 있나 보다
살려달라고 살려달라고
귀청을 따갑게, 폐부를 찌르며
가슴 후벼 파는 저 소리

저 환자를 낳은 어미가
살려달라고 살려달라고
애원한다 산발한 머리카락
입가에 거품을 물고 미치광이처럼

아들은 부르짖고 어미는 통곡한다
창밖의 별들이 일제히 침묵하는 시간
두 사람 비명 소리 얼마나 큰지……
아, 밤이 떫다

속울음 울다

손자가 방학 마치고 서울 간다고
마당에 퍼질러 앉아 울던 할머니의 울음
―하야! 니 가면 내 외로워 우예 살꼬……
쭈글쭈글 주름살 더 일그러져
흐느낌 그예 통곡이 되고
온몸으로 울던 그 울음이
지금도 내 심장 파르르 떨게 하네

김천화장터 화구 속으로 어머니 시신 들어갈 때
비로소 주르르 흐르던 아버지의 눈물
―여보, 아, 여보, 정말……
쭈글쭈글 주름살 더 일그러져
말을 못 잇고 고개 떨군 채
애써 울음 참다가 흘리던 그 눈물이
지금도 내 오금 찌르르 저리게 하네

울음이라면
물 건너지 마오 외쳤던 백수광부 처의 울음
눈물이라면
이별의 눈물로 대동강 물이 마르지 않는다 한 정지상의

눈물
　　하지만 속울음이란 것이 있다
　　차마 소리 내어 울 수 없는 울음이
　　차마 눈물 흘릴 수도 없는 울음이

　　병 깊은 자식 까무룩 숨 거둘 때

세상의 모든 강물은 바다로 가고 싶어 한다

포유류가 흘린 모든 피
여기에 와서 방파제를 난타한다
살아있음을, 살아있는 존재임을
뜨거운 아픔으로 증명하는 것들이여
아파서 소리치는 바다에 왔구나

분만의 고통을 체험한 이들이여
태어나는 괴로움에 대해 말하지 말라
여기, 태어나면서 비명 지르는 것들이
있다 아프기 때문에 태어난 것들이
있다

지상의 길은
바다에 이르면 죄다 끊어진다
회임한 여인의 자궁에
고통 덩어리가 들어있듯이
자연의 거대한 자궁인 바다
수많은 주검의 무덤인 저 바다

길이 끝나는 곳에는 언제나
통증으로 울부짖는 팽목항이 있다

제4부 死

먼저 가다

밤을 홀딱 같이 새며
술을 마신 날들이 있었다

학창 시절 친구 앞에서 절을 한다
영정 속의 얼굴, 미소 짓고 있다

절 받으니 좋으냐?

주검과는 대화할 수 없다

운명하셨습니다
감정이 없는 의사 선생님의 말
죽음이 참 단순하구나
숨 쉬던 이 숨 쉬지 않고
말하던 이 말하지 않을 뿐
나 볼일 없는지 눈 뜨지 않는다

주검과 나 더 나눌 얘기가 없는 거다
어머님 전 상서, 이승하 본제입납
때로는 마지못해, 때로는 보고 싶어
편지 올리기도 했었지만
이제는 수취인 불명
승하야 보아라 하고 시작하는 답장을
주검은 쓸 수 없다

침묵의 언어로 어머니 앞에서 약속한다
숨 쉬는 모든 생명의 운명을 관觀하겠다고
죽어가는 모든 것들의 아픔을 철綴하겠다고
우선은 어머니의 죽음을 이웃에 알리고
동사무소에 가서 신고도 해야 한다
그러고는 모든 기억의 편지를 꾸깃꾸깃 구겨야 한다

아버지의 낡은 내복

화장터 불길 속으로 사라진 아버지

불태울 유품과 남길 유품을 고른다
사진첩은 태우고 돋보기는 간직한다
장롱 서랍을 여니 와락 덮치는 아버지 냄새

노인네 속옷을 누구에게 주나 다 태워버리자
걸인에게 줘도 안 입을 낡은 팬티와 낡은 러닝
아 이렇게 구멍이 날 때까지 입으셨구나

장롱 구석에 보자기로 싼 것은
낡디낡은 내복 한 벌
첫 월급으로 사드린 겨울 내복 한 벌

지금까지도 간직하고 계셨다니
평생을 두고 내가 미워했던 아버지
이 내복 도대체 몇 날을 입으셨나

태울 수 없어 아버지를 부둥켜안는다

아버지의 시계

고장이 났다 아버지의 몸
오래된 손목시계 고장 나자
서랍에 들어가 나오지 않더니
내게 돌아왔다 유품으로

강남고속버스터미널에 내렸을 때
형과 내가 부축해 드렸는데
정확히 6개월 만에 돌아가셨다
장기이식을 하기엔 고령이었다

아버지 책상 서랍에서 내 책상 서랍으로
옮겨 온 시계를 소생시켜 보기로 했다
방수 안 되는 내 시계 욕조에서 익사
고치는 돈이 더 들어갈 아버지의 시계지만

아버지와 함께했을 아버지의 시간
역사에 치이고 사회에 덜미 잡히고
째깍째깍 가다가 멈추기도 했었다
수리점에서 찾아온 적도 여러 번

아버지의 시간이 다시 갈 수 있을까
하이고 40년도 더 됐습니다
부속이 있는지 모르겠습니다
맡겨 놓고 가세요 전화번호 알려 주시고요

동그라미는 금색, 줄은 은색
아버지는 동그라미를 잘 못 셌고
줄은 더욱 잘 서지 못했다
돈 없고 빽 없어 요 모양 요 꼴이다

입에 붙은 그 말을 한평생 했다
이게 이래 봬도 명품이란다
스위스제 아이가 월급 반 주고 산 기다
한평생 허풍에 허세에 헛다리에

간신히 고쳤습니다
원래 부품은 못 구했습니다
반면교사라 믿기만 했는데
아버지의 시계라 차고 다니기로 했다

황혼 녘에 임종하다

사흘 밤낮을 한마디 말도 없이
곡기 다 끊고 물 한 모금 안 마시고
정신을 놓더니 스르르 눈감는다

시간의 완강한 거부
세상과 절연하는 순간이 노을처럼 장엄하다
76년의 삶*
길지도 않았고 짧지도 않았지만 그대
불면으로 지새운 밤이 하도 많아서
생명 그래프의 선
황급히 고개 떨어뜨리는 것일까

나 또한 죽을 때를 택하라면
하루해 저무는 황혼 녘을 택하고 싶다
하늘이 한껏 충혈될 때
새들은 깃들 곳을 찾아가리
세상의 저쪽 저문 들판에서
목동은 양 떼를 우리로 데려가리

하늘은 핏빛으로 물들어

죽음의 메시지를 만천하에 전하는데
인간으로 살았던 그대 마지막 들숨 날숨을
함께하는 이 시간이 얼마나 정직한지
이 시간만은 얼마나 겸손한지

* 1931년생인 내 어머니는 김천의료원에서 2007년 2월 19일에 돌아가
  심.

어머니의 아랫배를 내려다보다

음모를 본 적이 없었다 한때는 풍성했을까
지금은 듬성듬성 흰색과 갈색도 섞여 있는 음모
바퀴벌레 같은 희망과 토막 난 지렁이 같은 절망
며느리도 간호사도 인상 찌푸리게 하는
기저귀 가는 일과 사타구니 닦는 일
내 몸이 언젠가 저 구멍에서 나왔다니

알몸을 본 적이 없었다
젖가슴 크기를, 유두 색깔을 알 도리 없었다
염하는 중늙은이와 조수인 젊은 친구
무표정한 얼굴로 어머니 몸을 염포로 싸고 있다
체중 줄이지 못해 늘 힘겨워했던 당신의 몸
암세포가 덮친 말년의 고통 말해 주듯이
불룩했던 아랫배가 푹 꺼져있다 쭈글쭈글하다
30년 장사하는 동안
체중을 지탱했던 튼실한 두 다리
젓가락이 되어있다

염장이 중늙은이야 뭐 대수롭지 않겠지만
젊은 조수가 내려다보고 있는 어머니의 하체

내 치부를 드러낸 것보다 부끄러워

입안은 마른 염전이 되고

시선은 숨을 곳 찾아 자꾸 달아난다

곶감 같은 저 아랫배

언젠가는 홍시 같았을까

어머니도 아버지한테 이 말을 했을까

—이리 와서 이 배 좀 만져봐요

태동이 대단한 걸 보니 사내앤가 봐요

저 아랫배 그 언젠가

내 아버지를 달뜨게 했을 것이다

무덤처럼 솟아올랐을 것이다

아랫배 속에서 나 한때 웅크리고 있었겠지만

모레면 배부를 일 다신 없을 세상으로

어머니 저 몸을 불태워 보내드려야 한다

뼈

화장터 화구 앞에 식구들이 둘러섰다
쇠 침대가 나온다
관도 염포도 수의도 사라지고
얼굴도 가슴도 손도 발도
사라지고 없다 아, 몸이 없다

발굴된 미라 같지만 수천 년을 견딘 것이 아니다
한 시간 만에 남은 것이라곤
팔과 다리의 뼈, 골반뼈
제일 위쪽에 둥그렇게 놓여 있는
해골바가지로 남은 어머니 얼굴

손…… 파를 썰거나 고기를 다지거나
도마 칼질하는 소리에 잠에서 깨어났었는데
입…… 듣기 싫었던 꾸지람 소리
눈…… 돋보기 속에 담긴 눈웃음
맥주 반 잔에 발개지던 양볼……

저 골반뼈 속에는 생애 내내 자궁이
그 자궁에 10개월은 내가 들어있었을 터

화장터 인부가 빗자루를 들고
쇠로 만든 쓰레받기에 뼈 쓸어 담는다
빗자루 끝에서 먼지가 인다 어머니의 몸이

김천화장터 화부 아저씨

먼동이 터오는 시각에 세수를 하며
그대 무슨 생각을 했을지 궁금하다
오늘은 또 몇 구의 시체가 들어올까
겨울로 막 접어들거나 날이 풀릴 때
더욱 바빠진다는 그대 아무 표정 없이
불구덩이 속으로 관을 넣는다
줄지어 선 영구차, 선착순으로 받는 시신

울고 웃고 미워하고 용서했던 사람들의
시간을 태운다 거무스레한 연기가
차츰차츰 흰 연기로 변한다
구름 많이 데리고 와 낮게 드리운 하늘
아, 이게 무슨 냄새지
화장터 가득 퍼지는 오징어 굽는 냄새 같은
짐승의 똥 삭히는 거름 냄새 같은*

잘게 빻아주세요
뿌릴 거요 묻을 거요
땅에 묻을 겁니다
묻을 거라면 내 하는 대로 놔두쇼

잘게 빻으면 응고됩니다
한 시간 불에 타 빗자루로 쓸어 담겨
분쇄기에서 1분 만에 가루가 되는 어머니

검게 썩을 살은 연기와 수증기로 흩어지고
하얀 뼈는 이렇게 세상에 남는구나
체온보다 따뜻한 유골함을 건네는 화부
어머니는 오전 시간의 마지막 손님이었다
화부는 화장터 마당에 쭈그리고 앉아
담배를 피운다 입에서 연기가 뿜어져 나온다
표정 없는 저 화부가 김천화장터다

* 2007년에는 김천화장터 바로 밑에 축사가 있었다.

항아리를 버리다

아파트 베란다 구석 자리에는
항아리들이 모여있다 올망졸망
어머니 손때가 묻어있는
10년 넘게 같은 자리에서 숨 쉬던 항아리들

곰팡이가 심하게 핀 된장, 고추장
땅에서 났으니 땅으로 돌아가라
조선간장 반은 바다에서 반은 땅에서 왔지만
먹을 사람 없으니 너도 땅으로 돌아가라

아파트로 오기 전에는 비만 오면 어머니
외출했다가도 부리나케 집 안으로 돌아와
쏜살같이 달려가던 장독대
항아리들 뚜껑 닫기에 정신이 없었는데

췌장암이었다 이미 3기였다
사람은 양수에서 나와 추깃물이 되고
흙에서 나서 흙으로 돌아간다
소임 다하고 땅으로 가는 항아리들처럼

합장하다 1

봉분이 뒤집어졌다
두 사람 인부가 땀 뻘뻘 흘리자
무덤이 붉은 상처를 드러내고 운다
때맞춰 내리는 진눈깨비
형과 나는 우산을 펴들었고
인부들의 몸에서는 하얀 김이 솟아오른다

태어난 날짜도 달랐고
눈감은 날짜도 달랐지만
오십 년을 함께 살아 금혼식도 하신
내 아버지 내 어머니
이렇게 합치려 한다 신방이 아닌 무덤 방
뼈는 남아 머리카락도 남아

살 섞으며 지새웠던 밤도 있었으리
이제부턴 뼈와 뼈만으로 사랑하시라
진눈깨비는 차츰 흰 눈으로 바뀌고
인부들 몸에서 흘러내리는 땀방울
지상에 한 칸 집이 세워진다
천년만년 함께 살아갈 훌륭한 집이

합장하다 2

할아버지는 천하에 둘도 없는 술고래
일찌감치 세상을 떴으나
할머니의 천하에 둘도 없는 자식 사랑
1남 5녀를 잘 키우셨다

합장하는 날 진눈깨비 내린다
포장 밑으로 녹은 눈이 흘러 눈물이 된다
고모님 세 분이 엉엉 우신다
(두 분은 먼저 돌아가셨다)

시체에서 흘러내린 추깃물이
관 바닥을 시커멓게 물들였다
양수 속에서 10개월 헤엄치다
산전수전, 온갖 물난리 다 겪고

팔과 다리가, 손과 발이, 가슴이
저렇게 되는구나 시커먼 시체 덩어리
해골바가지 위의 흰 머리카락
술주정뱅이, 탄환 자국, 고래고래 고함

이렇게 합장하면

또 몇 년을 같이 아옹다옹하며 사시려나

같이 살다 따로 돌아가셨는데 왜 구태여

한 무덤 안에서, 저 좁은 관 안에서

이승하 씨 별세하다

신문 부고란에서 동명이인의 부고를 본 날
나와 똑같은 이름으로 살다 간
이승하 씨 장례식장에 가야만 할 것 같다
이승하니까 이승하 씨에게 조문해야 할 것 같다

이승하! 승하야! 승하 씨! 이 군! 이 서방! 이 일병!
존경과 멸시 사이에서
그리움과 외로움 사이에서
이름 불리어지고 이름은 떠돌고
이름 하나 남기고 나도 사망할 것이다

별명은 무엇이었을까
뒷짐 지고 걷는다고 내 별명이 '영감'이었는데
그대 한자로는 어떻게 썼을까
나는 오를 승昇에 여름 하夏
임금이 죽은 것을 승하昇遐라고 했으니
우리 이름에는 애당초 죽음이 깃들어 있는 것

잘 죽었소? 많이 아프지 않았고?
내 죽어 신문 한 귀퉁이 부고란에

이름 석 자 적히는 어느 날
또 다른 이승하 씨가 자기 이름 본다면
죽음을 길들일까 혀를 차며 동정할까

신문지 접어 들고 잠시 묵념한다

태어나지 못한 목숨을 위하여

폭력의 결과로 태어난 목숨도 있으리
안 돼요 살려 줘요 소리치는 여성의 질
안 깊숙이 결국,
육체의 방아쇠를 당겨
태어난 목숨들에게도
신이여 강복하소서

그렇게 태어난 목숨들에게
선업善業 쌓을 기회를 주소서
그들의 목숨이 어찌 천賤하리이까
배고플 때 밥 찾고
목마를 때 물 찾고
정자는 결합할 난자를 호시탐탐 찾게끔 되어있는데

신이여
오늘은 또 얼마나 많이 낙태 수술이 이뤄지는 병실에 가서
우실 겁니까
7개월 혹은 8개월
사람의 몸 온전히 다 갖춘 아기들
고고의 울음 터뜨려 보지 못하고 하늘나라로 가면

그 아기들 쉴 곳은 거기 어디 있습니까

병실마다 자기 아기 못 안아본 산모들이 울고 있으니
신이여
그들 곁에서 눈물 닦아주소서 용서해 주소서
사람 목숨을 이렇게 다루는 우리의 죄를

연락하며 살기를 바랍니다

오랜만이 아닙니다
카카오톡에 그대 얼굴 그대로 있습니다

그대 전화번호도 그대로
김충규 010-7274-6568

문학의전당 | 계간 시인시각
글자 벌레들과 함께 ♫

그대에게 연락할 길 이제 없는데
내 죽으면 그대에게도 부고 닿으려나

돌아가신 지 1년이 넘었습니다
제 휴대폰으로 어제는 문자가 왔습니다

이재권 님의 생일을 ○○치과의원 가족 모두
진심으로 축하드립니다 가장 행복한 날 되세요

저세상으로 보내는 메시지?
치아 건강은 만복의 근원?

30년 가까이 입원해 있는 딸자식
저세상에 가서 비로소 행복해질 아버지

나도 모르는 새, 죽은 시인에게 마음으로 연락한다
충규 형, 거기서도 지낼 만하오?

무심코, 돌아가신 아버지에게 문자로 연락한다
틀니가 잘 안 맞으세요? 뭐 드시고 싶은 것 있으세요?

시인들, 신발을 벗다

1. 구상 시인 묘비 앞에서

                    †

지아비   具   요한   常

                              무덤

아내 徐 마리아 데레사 暎玉

1919년 9월 16일 − 2004년 5월 11일
1919년 2월 4일 − 1993년 11월 5일

적군 묘비 앞에서 울먹였던 시인이
이곳에 뼈 묻은 지 어언 10년
10주기에 찾아온 참배객들 대부분
신발 벗을 일 없을 것이다
20년이 지나면

이 광대한 부지가 다 무덤
거의 대부분
사람 다녀간 흔적이 없다

무덤마다, 조화조차 빛에 바래
누리끼리하다

11월 7일에는 비가 왔었다
두 아들도 앞세우고 아내도 앞세우고
스승은 민망하다는 듯이
빨리 식당으로 가자고만 외치고 있었다

2. 기형도 시인 묘비 앞에서

✝

幸州奇公 그레고리오 亨度之墓

1960. 2. 25. - 1989. 3. 7.

석간 문화일보 부고 기사를 보고
달려간 서울적십자병원 영안실
너는 빙그레 웃고 있었다

'산다는 것의 가소로움이여' 하고 말하고 있는 듯

기억한다 남진우 결혼식장에서 부른 노래
'캐플릿가의 축제'
축제는 한순간에 끝나고
그때 그 장례식장
시인들은 만취해 부둥켜안고 울기도 하고
주먹다짐에 나서기도 했지만
새벽이 되니 구두가 몽땅 사라지고 없는 것이었다

세월은 흘러 그대 간 지 어언 30년
비석 위에 꽃을 올려본들
시들지 않는 생화가 있으랴
봉분에다 술 뿌리고
주검 앞에서 죽음을 잊는다
죽음 앞에서 주검을 잊는다

대부님 내년에 또 오겠습니다
형도, 내년에 또 오겠네

우주적 상상력의 점화

이승원(문학평론가)

　　이승하의 성찰은 본질적이다. 그는 늘 근원을 탐구한다.
생명의 근원은 세포에 있고 세포의 근원은 우주에 있기에
그는 우주에 관심을 갖는다. 인간의 육체에서 생명의 탄생
에 관계하는 것은 자궁과 정낭, 난자와 정자고 외형적으로
는 성기다. 그는 일찍이 「아버지의 성기를 노래하고 싶다」
라는 시를 쓴 바 있고 이번 시집에도 아버지 어머니의 성
기, 여인의 유방, 난자와 정자와 심장 등을 시의 소재로 수
용하고 있다. 그의 관심이 생명, 삶과 죽음에 있고, 그 문
제의 본질과 근원을 탐구하기 때문이다. 지금부터 22년 전
인 1997년 『시와시학』 봄호에 발표한 그의 시 「아버지의 성
기를 노래하고 싶다」를 인용하고 그의 근원 탐구의 면모부
터 다시 살펴보겠다.

볼품없이 누워계신 아버지
차갑고 반응이 없는 손
눈은 응시하지 않는다
입은 말하지 않는다
오줌의 배출을 대신해 주는 도뇨관道尿管과
코에서부터 늘어져 있는
음식 튜브를 떼어버린다면?

항문과 그 부근을
물휴지로 닦은 뒤
더러워진 기저귀 속에 넣어 곱게 접어
침대 밑 쓰레기통에 버린다
더럽지 않다 더럽지 않다고 다짐하며
한쪽 다리를 젖히자
눈앞에 확 드러나는
아버지의 치모와 성기

물수건으로 아버지의 몸을 닦기 시작한다
엉덩이를, 사타구니를, 허벅지를 닦는다
간호사의 찡그린 얼굴을 떠올리며
팔에다 힘을 준다
손등에 스치는 성기의 끄트머리
진저리를 치며 동작을 멈춘다
잠시, 주름져 늘어져 있는 그것을 본다

내 목숨이 여기서 출발하였으니
이제는 아버지의 성기를 노래하고 싶다
활화산의 힘으로 발기하여
세상에 씨를 뿌린 뭇 남성의 상징을
이제는 내가 노래해야겠다
우리는 모두 이것의 힘으로부터 왔다
지금은 주름져 축 늘어져 있는
아무런 반응이 없는 하나의 물건

나는 물수건을 다시 짜 와서
아버지의 마른 하체를 닦기 시작한다.
　　　　　　　　—「아버지의 성기를 노래하고 싶다」 전문

　이승하는 이 시 발표 전후에 「아버지 뇌사 상태에 빠져 계
시다」「아버지의 임종을 지키다」 등 유사한 시를 발표했다.
그래서 한 원로 시인은 이승하 시인이 중태에 빠진 부친을
간병한 체험을 시로 표현한 것으로 알고 감동하여 자신이
느낀 바를 내게 뜨겁게 토로했다. 그분의 열변이 끝난 후
그 시가 다 상상의 소산이라고 하자 그 시인은 자못 실망한
표정을 지으며 아버지가 누워있지도 않은데 그런 시를 쓰는
것이 말이 되느냐고 언짢아했다. 그러나 나는 시의 상황이
사실이냐 허구냐를 떠나 내적 문맥의 절실함에 가슴 저린
전율을 느껴 다음과 같이 긴 평을 썼다.

아버지는 의식을 완전히 잃은 채 손도 눈도 입도 일체 반응이 없다. 모든 의지와 힘을 상실한 이 육신 앞에 아들이 할 일은 무엇인가. 아들은 물휴지로 아버지의 몸을 닦는다. "더럽지 않다 더럽지 않다고 다짐하며" 항문을 닦고 기저귀를 치우고 아버지의 다리를 젖혔을 때 드러나는 아버지의 성기! 이 대목은 놀랍다. 과연 시인이 정말 겪은 일인가, 아니면 미래의 어느 시점을 상정하며 쓴 것일까? 그 어떤 경우든 의식 잃은 아버지의 성기를 통하여 생명의 이어짐을 포착한 시인의 의식은 놀랍다.

화자는 아버지의 국부를 닦으며 주름져 늘어져 있는 성기를 다시 본다. 이제 전혀 생명을 짜내지 못하는 이 물건은 도대체 무엇인가? 아, 그것은 내 목숨의 출발점, 내 생명의 기원이 아니었던가! 한때 강한 힘으로 발기하여 생명의 씨를 뿌렸던 그것은 반응 없는 하나의 물건으로 주저앉아 있다. 여기에 대해 화자는 자신의 생명을 창출한 아버지의 성기를 노래하고 싶다고 말한다. 그것은 곧 식물처럼 누워있는 아버지의 생명의 의미를 새롭게 인식하는 마음의 다짐이기도 하다.

나는 이 시를 읽고 빼빼 마른 이승하 시인이 더욱 수척해진 그의 부친의 몸을 닦는 장면을 연상해 보았다. 그리고 몸을 닦다가 아버지의 무력한 성기 앞에 망연자실 몸 둘 바 몰라 하는 모습도 떠올려 보았다. 시인의 가족사에 대해 조금은 알고 있는 나로서는 이 시에 아버지와의 뜨거운 화해의 감정이 담긴 것이 아닌가 생각하기도 했다. 이것은 나

에게 진한 감동으로 다가왔다. 시의 감동이 언어의 문면에
서만 생기는 것이 아니라는 사실을 여기서 나는 깨달았다.

—『문학사상』, 1997. 4월호

　요컨대 이승하는 아버지와 자신을 연결해 준 생명의 근
원, 목숨의 출발점으로서의 성기를 새롭게 발견하고 병으
로 의식을 잃은 아버지와 애증의 짐을 벗지 못한 자신이 떼
려야 뗄 수 없는 관계로 이어져 있음을 확연히 인식한 것이
다. 이처럼 이승하는 표면의 관찰에 머물지 않고 시선을 내
부로 돌려 근원의 문제를 성찰한다. 이번 시집에 나오는 아
버지 어머니의 성기, 여인의 유방, 난자와 정자와 심장 등
도 모두 그와 관련이 있음을 우리는 분명히 자각해야 한다.
　이승하의 상상 세계에서 지금 눈으로 확인할 수 있는 생
명현상은 눈으로 볼 수 없는 먼 우주로 향한다. 왜냐하면 지
금 우리 눈앞에 펼쳐지는 생명의 작은 움직임이 인과적 관
계의 연쇄를 통해 우리가 볼 수 없는 어느 먼 시공의 움직임
을 일으키기 때문이다. 브라질 아마존 밀림의 나비의 미세
한 날갯짓이 미국에 토네이도를 일으키고 중국에 폭풍을 일
으킨다는 나비효과와 유사한 발상이다. 우연히 재채기 한
번을 해도 그것이 우주에 파동을 일으킬 수 있다는 상상력.
그것은 그의 시에 다음과 같이 표현된다.

　　콧속이 간질간질하더니 재채기가 터져 나왔다
　　나 자신이 깜짝 놀란 엄청나게 큰 소리

전동 열차 옆자리의 사람들이 눈을 동그랗게 뜨고
나를 쳐다봤다 호리호리한 사람이 소리 하나는?

열차는 지하를 달리고 있지만 우주 한 공간이
나로 인해 한순간 흔들렸던 것
낯선 승객들 틈에서
나 지금 살아 숨 쉬고 있다는 것
'나'라는 존재를 한번 증명해 본 것?
가슴 후련하여 씩 웃는다
미안한 마음에 한 번 더 웃는다

우리는 죽는 순간까지 모두 어딘가를 향해 달려가는 존재
밤하늘의 별들 죽을 때까지 모두 어딘가로 달려가고 있듯
우주 안에서, 우주를 뒤흔들며
우리 지금 이렇게 살아있음에

                    ─「우주를 향해 재채기하다」부분

　마지막 부분만 인용했지만 이 시는 전부 세 단락으로 구
성되어 있다. 첫 단락은 전동 열차 안에서의 명상이다. 어
제 아버지 상을 치를 때 집안 어른이 곡을 하라고 해서 처음
에는 억지로 시작했지만 일단 시작되자 울음이 울음을 불러
호읍을 계속했다는 이야기가 나오고, 오늘 저녁 해물탕을
먹을 때 온갖 해물을 한꺼번에 먹었으니 사람이 산다는 것
은 다른 생명체를 죽이는 살생의 연속으로 유지된다는 생각

이 제시된다. 그런 생각을 하며 전동 열차에 동승한 사람들을 보니 모두 친근한 이웃처럼 여겨지더라는 조금 다른 차원의 내용이 전개되었다.

두 번째 단락은 별의 윤회와 인간의 역사에 대해 명상했다. 영원무궁한 것처럼 보이는 우주의 별도 생사의 윤회를 거듭하고 있고, 인간이야 말할 것도 없이 죽고 죽이는 일을 반복하며 지구의 종말을 향해 행진하고 있다는 생각을 담았다.

세 번째 단락이 위에 인용한 부분이다. 전동 열차 안에서 갑자기 재채기를 하니 객차 안의 사람들이 전부 쳐다본다. 내 재채기 소리에 반응하여 사람들이 쳐다본 것은 내가 여기 존재한다는 사실을 사람들이 인식한 결과에 해당한다. 그것이 계기가 되어 나와 다른 사람들이 연결되어 있음을 확인하게 된 것이다. 나비효과 이론을 따르면 내 재채기의 파동이 내가 지각할 수 없는 인과의 회로에 연결되어 우주 어딘가에 거대한 폭풍을 일으킨다고 상상할 수 있다. 다시 말하면 나라는 작은 존재의 사소한 생명현상이 인과의 연쇄 속에 증폭되어 우주를 뒤흔들 수 있는 것이다. 그렇게 보면 우리 각자는 미미한 생명체 같지만 지구적 존재이며 우주적 존재다. 개체의 본질을 깊이 성찰하면 그러한 인식에 도달할 수 있다.

그러한 인식이 담긴 작품이 「꿈꾸는 별만 괴로워한다」이다. 나란 존재는 어떻게 생겨났는가? 아버지의 정충이 어머니의 자궁을 향해 항해를 했고 정자와 난자의 결합에 의해 하나의 생명체가 탄생했다. 출발과 탄생과 성장의 전 과정은 배가 바다를 항해하거나 비행선이 우주를 항해하는 것과 같은 탐사의 과정이다. 어머니의 자궁에서 태어나 어른으로 성장하고 지금까지 사회생활을 영위한 것도 일종의 항해라 할 수 있다.

그러면 아버지의 정충, 어머니의 난자의 근원인 세포는 어디서 왔는가? 학자들의 연구에 의하면 태초의 우주 구성물질에서 기원했다고 한다. 거대한 초신성이나 성운이 폭발할 때 미지의 화학반응에 의해 우주의 구성 물질이 생명체의 구성 물질로 전이되었다고 한다. 우주에 새로 태어난 원시별은 점점 확대되어 초신성으로 발전하고 초신성은 폭발하여 작은 별의 씨앗이 된다. 그리고 그 과정은 무한히 되풀이된다. 그러니 우리 인간도 밤하늘의 별처럼 어떤 생명현상에 의해 탄생한 하나의 작은 별이라 할 수 있다. 서로 다른 운명을 지닌 별이 약육강식의 경쟁을 하며 충돌하고 길항하면서 지구 공간을 항해하고 있다. 이렇게 생각하면 우리 각자는 우주의 구성 물질을 나누어 가진 우주적 생명 공동체라 할 수 있다.

시인은 「저 무거운 시간을 들고」에서 무거운 시계를 들고 가는 소년의 사진을 제시하고 우주적 명상을 펼쳐 보였다. 비를 맞으며 시계를 들고 가는 이 순간에도, 피의 길을 뚫고 태어나는 생명이 있고, 피의 길이 막혀 죽는 노인이 있고, 피를 흘리며 응급차에 실려 가는 응급환자도 있다. 우주에는 태어나는 별과 성장하는 별과 폭발로 흩어지는 별이 있다. 인간이나 별이 왜 그런 노선으로 진행하는지 해명해 주는 일은 없다. 앞날을 알 수 없는 미지의 항로 속에 개체의 방향으로 항해할 뿐이다. 그래서 시인은 "행선지 불분명한 우리는 모두 떠돌이별"이라고 노래한다. 우리에게 정해진 궤도는 없으며 "낯선 시간을 만나고/ 질긴 시간에 쫓기고" 그렇게 알지 못하는 길을 항해해 가는 것이다.

개체의 관점에서 보면 우리 모두는 우연의 항해를 지속하는 고립된 별이지만, 우주 공간 안에 우주 구성 물질을 나누어 갖고 유사한 항해를 이어간다는 점에서 보면 우리들은 고립된 존재가 아니라 연결된 구성물이다. 그러한 생각을 표현한 시가 「둥근 것들이 세상을 아름답게 한다」이다.

임신한 여인이 앞에 선다
배가 둥덩산같아 벌떡 일어선다
―여기 앉으세요
수줍어하는 얼굴로 고맙다 말하는 여인
나는 서방인 양 앞에 서서 여인을 내려다본다

아주 많은 시간을 거슬러 오르면
여인의 몇 대조 조상과 나의 몇 대조 조상이
사랑했을 수도 있으리
제법 많은 시간이 흐르면
여인이 낳은 아기와 내 큰아이가 낳을 아기가
사랑할 수도 있으리

둥덩산같은 배 앞에 서있으니

여인 배 속의 아기 모습이 생각난다

약간 물구나무선 자세로

몸을 둥글게 구부리고 있을까

때마침 달리던 전동 열차가

지하에서 지상으로 올라간다

네모난 창밖 네모난 하늘 위로

떠가는 뭉게구름 송이송이

둥근 것들이 세상을 아름답게 한다

인연의 고리를 물고

둥글게 돌고 도는 모든 것들이

　　　　　―「둥근 것들이 세상을 아름답게 한다」 전문

　전동 열차를 타고 가는데 임신한 여인이 앞에 선다. 배가
둥덩산처럼 불룩하게 솟아있는 것을 보고 화자는 벌떡 일어
선다. 여인은 수줍게 고맙다고 말하며 자리에 앉는다. 사람
으로 태어나 한국에서 같이 살고 있으면 몇 대만 거슬러 올
라가도 혈연관계가 성립된다. 같은 전동 열차 안에 탄 사람
들을 분석해 보면 사돈의 팔촌 정도로 모두 연결되어 있을
것이다. 미래의 가능성을 두고 생각하면 여인이 낳을 아이
와 내 딸이 낳을 아이가 학교를 같이 다니고 사랑을 하고 결
혼도 할 수 있을지 모른다. 과거의 역사와 미래의 인연이 어
떻게 연결될지 아무도 모르는 것이다. 아무도 모른다는 것

은 어떠한 예측이든 다 할 수 있다는 얘기와 같다. 인연의
고리란 돌고 도는 것이기 때문이다.

　지하를 달리던 열차가 지상으로 올라가니 안 보이던 하
늘과 뭉게구름이 눈에 들어온다. 사람의 인연도 이와 같다.
앞에 서있는 여인과 그 여인의 배 안에 존재하는 아이, 그
여인을 지켜보는 화자의 연결 관계가 지금 눈에 보이지 않
는다고 해서 그것이 존재하지 않는 것이 아니다. 지금 이 공
간에서 볼 수 없을 뿐이다. 시간과 공간이 이동하면 그 여
인과 내가 의미 있는 관계로 맺어지고 존재의 의미를 주고
받을 수 있다. 이렇게 세상 모든 것이 돌고 돈다. 물레방아
처럼 뭉게구름처럼 둥글게 굴러가는 것이 생명현상의 이치
다. 세상 모든 것을 둥근 인연의 시선으로 보면 모든 존재
가 연결되어 있다. 하늘에 나는 새도, 벽 뒤로 몸을 숨기는
쥐도, 시드는 꽃도, 고통 속에 숨을 거두는 할머니도 모두
우리와 의미 있는 관계를 맺고 있는 우주적 공생의 존재들
이다. 그런 관점에서 보면 지상에서 힘들게 생을 지탱하는
사람들, 아프게 살다 더 아프게 세상 떠나는 모든 사람들이
연민의 대상으로 다가온다. 그들 모두가 가슴 저린 전율에
몸을 떨 수밖에 없는 가엾은 존재들이다.

　　손때 묻은 가구를 마저 버린다
　　처박혀 있어 처음 보는 그릇과 냄비도 버리고
　　구석구석 쌓인 기억의 먼지와도 마침내 이별이다

창을 열면 다가오던 뒷산 산허리
내 눈길로 어루만져 주곤 했는데
집 앞에서 우두커니 날 기다리던 단풍나무
잎사귀의 색깔로 계절을 알았는데
나 이 집 팔고 너희 곁을 이제 떠난다

어머니는 이삿짐을 싸지 못했다
이빨 빠진 접시도 맞지 않는 옷도
버리지 못해 또 만져보고 또 만져보고
조만간 허물어질 언덕배기의 집
물지게를 버릴 수 있어 우린 마냥 좋았는데

첫아기 안고 들어온 이 집을 떠나는구나
내일이면 저 천장이 다른 천장일 텐데
마음은 언제까지나 이 집 근처를
배고픈 승냥이처럼 떠돌 것 같다

—「이사 전날」 전문

이승하 시인에게 어머니와 아버지는 여기 필설로 다 풀어
놓지 못할 아픈 사연을 남겨 준 사람들이다. 실제로 시인의
어머니는 2007년 2월 19일 우리 나이 77세로 돌아가셨다.
그 어머니가 세상을 떠난 것을 어느 어머니가 오래 살던 집
에서 이사를 가는 상황으로 재구성하여 표현한 작품이다.
이사를 앞두고 가족들은 손때 묻은 가구부터 정리하여 버

리고 찬장 깊숙한 곳에 박혀 있던 처음 보는 듯 생소한 그릇이나 냄비도 버린다. "구석구석 쌓인 기억의 먼지"와도 이별해야 한다. 집 안 곳곳에 기억과 추억이 담겨 있다. 첫 아이를 낳아 기른 안방의 기억, 기저귀를 널어놓았던 마당의 기억, 이유식을 준비하던 부엌의 기억, 성장한 아이가 공부하던 건넌방의 기억, 집 나간 아들이 돌아오기를 기다리던 현관문의 기억. 이제 그 모든 것을 두고 가야 할 때가 되었다. 오지 않는 아들을 기다리며 멀리 눈길 던졌던 뒷산 산허리와도 이별이요, 허전한 걸음으로 돌아올 때 집 앞에서 우두커니 자신을 기다리던 단풍나무와도 이별이다. 이 집에 다시 오지 않을 것이니 어디에도 미련이 없고 무엇에도 여한이 없다. 툭툭 털고 떠날 뿐이다. 조만간 헐릴 언덕배기 집. 언덕으로 물을 길어 나르던 물지게부터 후련하게 버린다.

그러나 어머니는 마지막 이삿짐을 싸지 못한다. 일찍이 버렸어야 할 이빨 빠진 접시, 맞지 않는 옷도 버리지 못하고 만져보기를 거듭한다. 이유식을 만들어 아기 입술 가까이 대고 새끼 숟갈로 먹이던 그 그릇. 이빨이 빠졌으나 어찌 버릴 수 있으리오. 가슴을 열어 아기에게 젖을 물릴 때 아기의 따스한 볼이 옷섶에 닿던 그 젊은 날의 옷. 몸에 맞지 않으나 어찌 버릴 수 있으리오. 추억의 온기가 쌓인 그 사물들을 어머니는 계속 어루만진다. 첫아기 울음소리가 들리는 것 같은 이 집을 어머니는 떠나지 않으려 한다.

내일이면 다른 방바닥에 몸을 누이고 다른 천장을 쳐다

보겠지만 마음은 이 집 근처를 "배고픈 승냥이처럼 떠돌 것 같다"고 시인은 썼다. 그리움이 있고 아쉬움이 있으면 사람은 계속 배고픈 승냥이가 될 수밖에 없으리라. 사람이기에 그러한 것이다. 그리움과 아쉬움 없이 당장 어제의 일을 잊을 수 있다면 그 화상은 배부름만 탐하는 돼지에 불과하다. 배부른 돼지보다 배고픈 승냥이에 해당해야 사람이라고 할 수 있다. 어머니에 대한 연민, 그리움과 아쉬움의 눅진한 물기, 이것이 있어야 사람다움이 유지되고 이것이 시를 창조하는 동력이 된다. 연민이 사랑이 되고 사랑은 인간애가 되고 인간애는 인류애가 된다.

화장터 불길 속으로 사라진 아버지

불태울 유품과 남길 유품을 고른다
사진첩은 태우고 돋보기는 간직한다
장롱 서랍을 여니 와락 덮치는 아버지 냄새

노인네 속옷을 누구에게 주나 다 태워버리자
걸인에게 줘도 안 입을 낡은 팬티와 낡은 러닝
아 이렇게 구멍이 날 때까지 입으셨구나

장롱 구석에 보자기로 싼 것은
낡디낡은 내복 한 벌
첫 월급으로 사드린 겨울 내복 한 벌

지금까지도 간직하고 계셨다니

평생을 두고 내가 미워했던 아버지

이 내복 도대체 몇 날을 입으셨나

태울 수 없어 아버지를 부둥켜안는다

—「아버지의 낡은 내복」 전문

　연민은 사랑이 되어 용서의 원천이 된다. 돌아가신 아버지를 화장하니 아버지는 연기로 사라지고 재만 남았다. 집에 돌아와 유품을 정리하며 불로 태울 것을 빼놓는다. 장롱 서랍을 여니 퀴퀴한 아버지 냄새가 코에 스민다. 구멍 난 속옷과 러닝, 낡은 팬티는 제일 먼저 태울 것들이다. 장롱 구석에 보자기로 싸놓은 것이 있어 풀어보니 아주 예전에 자신이 첫 월급 받았을 때 아버지께 사드린 겨울 내복 한 벌이다. 내 기억에서도 사라진 그 내복을 아버지는 입다가 버리지 않고 보자기에 싸 간직했던 것이다. 아들이 첫 월급으로 사준 내복이기에 버릴 수 없었던 것이다. 아버지를 평생을 두고 원망한 아들도 아버지의 마음을 알아차리고 내복을 가슴에 부둥켜안는다. 연민이 사랑으로 승화되는 장면이다. 아버지는 화장터 불길로 사라졌으나 아버지가 남긴 마음의 불빛은 태울 수 없는 연민과 사랑의 인연으로 영원히 지속된다. 연민의 화학작용에 의해 미움이 아픔이 되고 아픔은 다시 공감과 위안으로 승화된다.

아버지가 아들의 등을 본다

잠자는 꼽추

내가 너를 이렇게 낳았구나

아들이 어머니의 등을 본다

지팡이 짚은 꼬부랑 노인

저 때문에 허리가 기역 자로 굽었지요

아들 등을 가만히 어루만져 본다

어머니 등을 몰래 한번 쓸어본다

따뜻한 등이 밝은 등이 되는 순간

—「등」 전문

아버지가 등이 굽은 꼽추 아들을 연민의 마음으로 지켜
본다. 이렇게 등이 굽었지만 내가 낳은 나의 자식. 그의 운
명을 내가 감싸 안아야 한다. 그의 아픔까지 나의 사랑으
로 끌어안아야 한다. 연민의 사랑은 가파른 세상의 화염 불
길과 연기에도 사라지지 않는다. 아들은 늙은 어머니의 굽
은 등을 본다. 자식들을 위해 일만 하다 어머니는 허리가
기역 자로 휘었다. 기역 자의 허리에 배어있는 아픔과 슬픔
의 세월들. 아들은 그 아픔과 슬픔을 자신의 마음에 담으
려 한다. 어머니의 휜 등을 자기 가슴에 담아 연민의 힘으
로 펴려 한다.

세상의 아픔과 슬픔은 지상의 삶을 끝내는 순간 화장장의

연기처럼 사라진다. 죽음은 영원하고 삶은 유한한 것. 이승하 시에서 죽음을 영원의 안식으로 받아들이는 것은 이러한 이해와 관련이 있다. 「아픔에 대한 견해」가 그러하고 「생명은 때로 아플 때가 있다」「목숨의 형기」「황혼녘에 임종하다」가 그러하다. 마지막 들숨 날숨을 거두면 죽음이라는 영원한 안식이 온다. 죽음의 손길은 지상의 슬픔과 아픔을 무화시킨다. 죽음의 손길이 우리를 어루만질 때까지 우리는 슬픔과 아픔을 다스리며 열심히 살아야 한다. 슬픔과 아픔을 다스리는 동력은 바로 연민과 사랑이다. 단순한 연민과 사랑이 아니라 우주적 연민과 사랑이다. 그것은 앞에서 얘기했던 우주적 공생의 연대 의식에서 탄생한다.

아버지가 아들의 등을 어루만지고 아들이 어머니의 등을 어루만지는 그 순간은 우주적 연민의 시간이고 우주적 사랑의 시간이다. 지상의 별들이 그 빛을 우주에 뿌리는 시간이다. 우주의 빛이 지상의 빛과 통하는 시간이다. 신이 있다면 이 빛의 교감에 무심하지 않으리라. 아니 신은 이 빛의 교감을 위해 존재한다. "따뜻한 등이 밝은 등이 되는 순간"이야말로 에피파니의 순간이요 계시의 순간이다. 우주의 빛과 인간의 빛이 하나가 되고 우주의 구성 물질과 인간의 구성 물질이 공생하는 이 순간은 시적 상상력이 눈부시게 점화하는 순간이다. 이승하는 이 순간을 위해 시를 쓰고 시를 통해 이 순간을 체감한다. 점화와 체감의 동력은 연민과 사랑이다. 연민과 사랑이 우주와 혈연관계로 이어질 때 시적 상상력이 작동한다. 이승하의 시는 근원으로서의 우

주적 사랑, 성체 현현과 계시의 순간을 언어로 전하려 한
다. 그런 의미에서 이승하의 시는 한국 시단의 독특한 자리
를 점유하며 경이로운 경관을 지향한다.